明年，海滩见

献给我深爱着的艾斯特、贝拉和查理，愿我们的假期长长久久。

——安德鲁·拉森

献给艾米莉和亨利。

——托德·斯图尔特

图书在版编目（C I P）数据

明年，海滩见 / (加) 安德鲁·拉森文 ; (加) 托德·斯图尔特图 ; 焦东雨译. -- 北京 : 新世界出版社, 2021.7

书名原文: SEE YOU NEXT YEAR

ISBN 978-7-5104-7286-2

Ⅰ. ①明… Ⅱ. ①安… ②托… ③焦… Ⅲ. ①儿童故事－图画故事－加拿大－现代 Ⅳ. ①I711.85

中国版本图书馆CIP数据核字(2021)第079687号

明年，海滩见 蒲蒲兰绘本馆

作　　者：〔加〕安德鲁·拉森/文　〔加〕托德·斯图尔特/图

译　　者：焦东雨

策划编辑：马　跃 马皓月　特邀编辑：张　鸣

责任编辑：贺玉婷　装帧设计：马　跃

责任校对：宣　慧　责任印制：王宝根 苏爱玲

出　　版：新世界出版社

网　　址：http://www.nwp.com.cn

社　　址：北京西城区百万庄大街24号（100037）

发 行 部：(010)6899 5968（电话）　(010)6899 0635（电话）

总 编 室：(010)6899 5424（电话）　(010)6832 6679（传真）

版 权 部：+8610 6899 6306（电话）　nwpcd@sina.com（电邮）

印　　刷：鸿博昊天科技有限公司　经　　销：新华书店

开　　本：889mm×1194mm 1/16　尺　　寸：279mm×190mm

字　　数：20千字　印　　张：2.5

版　　次：2021年7月第1版 2021年7月第1次印刷

书　　号：ISBN 978-7-5104-7286-2

定　　价：45.00元

明年，海滩见

〔加〕安德鲁·拉森/文 〔加〕托德·斯图尔特/图 焦东雨/译

新世界出版社
NEW WORLD PRESS

每年我们都走同样的路，
穿过同样的城镇，
来到同一片海岸。

高松
汽车旅馆
客满

每年我们都住在同一个地方。

我把它叫做“我们的小别墅”。

但其实它不是别墅，

是一家汽车旅馆。

我们总是星期六过来。

我们总是待一个星期。

从我小时候开始，

每年夏天，我们都会来这个地方。

从来没有变过。

我，喜欢这样。

星期天的早上，我会很早醒来，

这样我就可以去沙滩上看拖拉机。

拖拉机拖着耙子，一圈一圈地转，身后留下环形的花纹。

这时候，海鸥飞了过来。

它们在新翻开的沙地上走来走去。

有时候，它们会把花纹弄得乱七八糟。

当人们带着野餐小冰箱、浴巾和沙滩玩具过来的时候，

海鸥先是飞到半空中盘旋，

接着就飞走了。

一眨眼的功夫，沙滩就变成了遮阳伞的天下。

几乎看不到环形的花纹，甚至连沙地也看不到了。

今年，我交了一个新朋友。

他教我如何游泳。

嗯，算是吧。

他教我如何屏住呼吸迎着海浪潜水。

海滩上的水很浅。

伸手就可以摸到沙子。

但我还是要穿着救生衣。

下午晚些时候，人们开始收拾沙滩玩具、
浴巾和野餐小冰箱，收起遮阳伞。
每个人都慢腾腾的。
当人们离开沙滩的时候，海鸥又飞回来了。
每天都是这样。

星期一的晚上，我们会去镇上看室外的乐队演出。

一支行进乐队在台上表演，我们就坐在下面的草地上听。

有些孩子会随着音乐行进，

有些会跳舞。

有些老人家听着听着就睡着了。

一位女乐手把手中的镲打响时，台下的一只斗牛犬跟着叫起来。

睡着的老人家就突然被惊醒了。

嚓！

汪！

嚓！嚓！嚓！

汪！汪！汪！

星期二，起雾了。

看不见海面，只能听到海浪声。

看不见拖拉机。

也看不见海鸥。

没人带着遮阳伞、野餐小冰箱和浴巾去沙滩了。

我去新朋友的房间看看他在做什么。

他在写明信片，问我要不要也写一张。

他分给我一张明信片和一支笔。

明信片上印着海滩的景色。

我的朋友说我可以寄给任何人。

随便谁。

星期三，我们的假期过半。

我也喜忧参半。

星期四，我跟我的朋友没什么事可做，

于是，我们去挖洞。

我们想一直挖到地球的中心。

我们没有挖到那儿。

但我们挖到了水。

之后，午饭时间到了。

星期五，我的假期就要结束了。

晚上，我不想睡。

我的朋友也是。

爸爸妈妈们在沙滩上点起了篝火。

我找到一根完美的棍子来烤棉花糖。

我喜欢把棉花糖烤得金黄。

我的朋友喜欢烤得焦糊。

我决定把这根棍子带回家，这样明年还可以用。

夜空中挂满了星星。

我看到一颗流星。

我的朋友说那是一颗人造卫星。

于是，我许了一个“人造卫星愿”。

星期六的早上，我们开始装车。

是时候说再见了。

“明年见！”我的朋友说。

他可真幸运。

他还可以多玩一天。

“明年见！”我也跟他说。

之后，我们沿着同样的路，

穿过同样的城镇，回到家。

家的感觉真好，

好像我们从来没有离开过。

星期一，信箱里有封新邮件，

是寄给我的。

POST CARD
Tall Pines Motor Lodge 1963
明年，
海滩见！
海滩公园
地图